JN016232

詩集

ダウン症をもつ周とともに 我が家に天使がやってきた 小学生編

服部剛《ごう》

明眸社

序

この詩集を読んでくださるあなたへ

今から二十五年ほど前、あるテレビ番組を観ていた私は、敬愛する作家・遠藤周作の語った、「人生は面苦《おもくる》しいものです」という言葉に出会いました。人生は面白く、苦しいもの——。当時、成人してのち詩人を志し始めていた私の胸の裡《うち》にこの言葉は深く残り、今もなお遠藤先生からのメッセージとして心に刻まれています。

今年、知命（五十歳）を迎える私は、ダウン症をもつ息子の周《しゅう》を妻と共に大切に育んでいます。この十二年の歳月を想うとき、まさに「おもしろくるしい日々だった……」という実感があります。毎日は楽しいばかりではなく、また、単に苦しいだけでもありません。もし、この詩集から私たちのかけがえのない日々の味わいが、読んでいただくあなたに詩の次元で共有され、何かが囁き、導きの風の働きを予感されるならば、それは私の本望です。

令和六年　春を待つ日に、感謝を込めて

服部　剛

我が家に天使がやってきた・小学生編＊目次

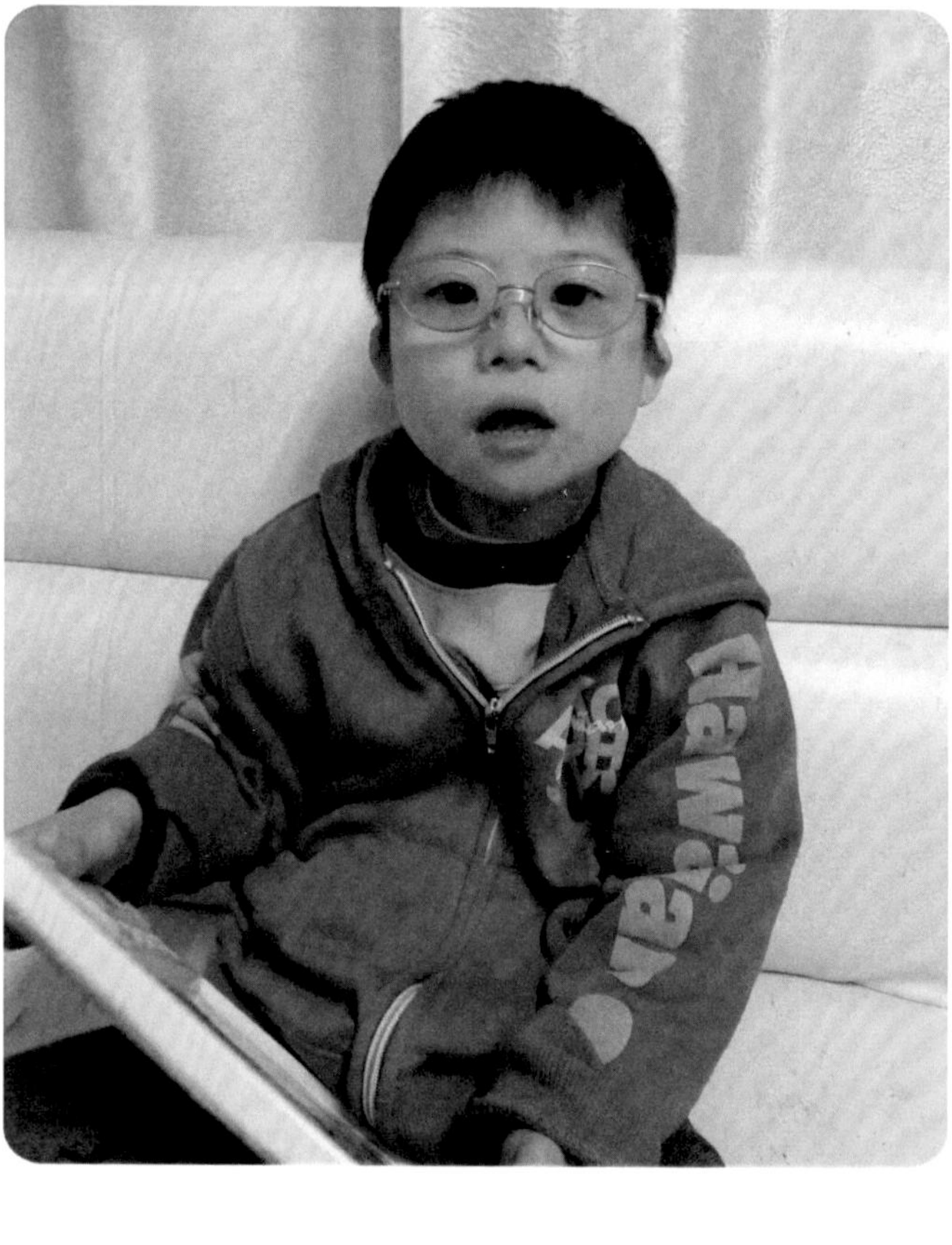

楽園

この世には
時おり、虹があらわれる
久しく忘れた地上の園を
人々が想い出すように

Ⅰ章　周と歩む日々

祝い酒

今夜は同居する義父の
八十歳の誕生日

卒園前の幼い周《しゅう》を抱っこして
僕と妻はハッピーバースデーを歌い
熱燗を注いだお猪口《ちょこ》で乾杯した後
義父は「主賓のあいさつ」を始めた

「どうやら時というものは
伸び縮みするようで
長ーい一分間もあれば
あっ　という間の一時間もあり

思えば八十年も、早いものだ……」

この世の地獄も極楽も覗いた義父は
若き日の夢にほろ酔いつつも
懐かしい物語を語らえば
――いつのまにやら夜は更けて

よたり、とベッドに潜《もぐ》り
幸せそうな顔で
気づけば寝息を立てている
安堵《あんど》の息をひとつ
台所に立つ妻は、無言の背中で
洗い物を始めた

旅立ちの日に

告別の朝
窓の隙間の微《かす》かな風に
カーテンはふくらみ
僕等は慌しく、家を出た

夕刻
骨になり
お義父さんは
家に戻った

（かわいがられた周は
なぜかちらちら、落ち着かず）

空色の写真の中に入ったひとの
目をみつめ
哀しみを拭いながら
〈今までありがとう……〉と
もう一度、両手を合わせる

お義父さんが不在の椅子の前で
テレビがひとりでに、点いて

僕と妻は目を合わせた

地球ノ時間

太陽は常に西の空へと往きますが
この地球上に立っていると
まるで停まっているようです

花はゆっくり開いてゆきますが
開花はまるで、魔法です

孤児を育てる里親さんは、言いました
「親の愛を知らずに過ごしてから
我が家に来た子は、皆ゆっくり育ちます」

僕の息子は染色体が、一本多くて
七才になっても話しませんが
家に帰ると足に抱きついて
疲れた心も癒されます

ほんとうに大事なものは
夢も、人も、植物も
（地球ノ時間）で育ちます

今も確かに——回っている
この青い惑星《ほし》の上で

夜明けの散歩

仕事でヘマをして、凹んで帰った夜
食事の後はさっさと布団を被《かぶ》って寝た

早朝にぱっちり目覚め
がばっと起きて、外に出た

西に沈むでかい満月に
思わず、足を止める

東の空は白み始め
何処かの烏は かあ と鳴き
背後の山々から小鳥たちは

さえずり始めている

坂の上から見渡す町の
無数に連なる屋根の下に眠る
それぞれの夢と、涙と、幸い

——独りで重荷を
背負っていたが
日々を歩むのは
僕のみではなかった

街灯たちが仄《ほの》かにともる
まっさらな早朝の道を歩く間に
空は段々明るくなり
頭は段々まっさらになり

心には、いくつかの
アイディアも灯り始めた

雨の日も、風の日も、旅の歩調で僕はゆく

遠くに我が家が見えてきた
ポストに届いた朝刊を手に
家に入って、階段を上がり
ドアを開く

妻と息子が
おんなじ姿勢と寝顔を並べている
ひとつの布団に包まって

盲目のひと

朝の信号は、青になり
盲目のひとは白いステッキで
前方をとんとん、叩きながら
横断歩道を渡ってゆく

日々の道を歩く
惑い無き後ろ姿
人混みに吸い込まれ
段々……小さくなってゆく

模範解答の無い人生に
心配事はつきもので

不安を膨《ふく》らませれば果てしない
この世界で

私は毎朝、目を凝らす
ゆっくり　でも確かな道を探りながら
とんとん、闇の中を行くひとの
あの白いステッキに

キャッチボール

一日の仕事を終えて
帰った家のソファに、坐る
ママは台所に立っている

周は、パパが足を広げた間に
ちっちゃい胡坐《あぐら》をかいて
「おかあさんといっしょ」の
ビデオを見ている

パントマイムのお姉さんが
テレビの中から
目に見えないボールを、投げた

ボールは、周を通り過ぎて
背後のパパが受け取った

今日一日、パパは
目に見えないボールを
ちゃんと投げられたろうか？
しっかり受け取れたろうか？

仲間と歩む、日々の職場で
ひとつ屋根の下の、この家で

ママがまな板を叩く音を聞きながら
幼い周の頭を撫でながら
——パパはひと時、考える

この手にのせた、見えないボール
テレビの中のお姉さんに真似て
明日こそ、誰かへ投げてみよう

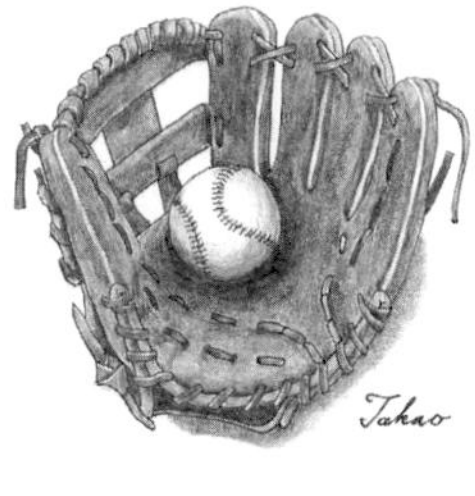

電球のひと

彼は、てんかんの発作で
鼻の骨が見えそうな傷を負っても
支援学校の上級生に引っかかれ
頬に血を流しても

夜、パパが家に帰り
ドアを開くやいなや
百万ボルトにまさるほほ笑みで
〝ぱっ〟と疲れたこころを、照らし出す

今まで私は出逢ったろうか
息子のような者に

あの芸当ができようか
父親の私に

ひとより染色体が一本多く
八才にして未だ言語を知らない、彼を
私はそっと敬《うやま》う

子守歌

大けがをした周が
救急車で運ばれ
一命を取り留めた
子供病院

入院後の回復は順調で
三日後に人工呼吸器は外れ
ゆっくり
目を覚ました

日が暮れて、パパは
スーツ姿で面会にゆき

ベッド柵に囲まれた周は
今夜も寝つけず

昨日ママが、家から持ってきた
歌の玩具《おもちゃ》のボタンを押せば
静まり返った病室に
バッハのアリアは流れ出す

遠い異国の御魂《みたま》はメロディとなり
三百年の時を越えて
幼い胸へ流れる

小さな耳をぴくり、傾ける
我が子を
ベッドの傍らで見守りながら

不滅なものを想う
子供病院
消灯の時刻

日々の土産

久々にひとり旅で、箱根の宿の土産《みやげ》コーナーに
指でたたくトントン相撲があった
――息子の前に置いたら
　お相撲さんをつまんで、ポイだなぁ…

翌日、小田原城の中には
玩具《おもちゃ》の刀がキラリと光った
――息子に持たせたら
　ぐるぐるふり回して、危ないなぁ…

そんな息子にも
できることが、ひとつ

パパはママの重荷を少々減らそうと
家に帰り、息子と入った風呂で
「むすんでひらいて」を歌い
パパが両手をゆっくりひらく
息子のとびきりの笑顔もひらく

花と同じくらい、いや
花よりも嬉しそうに

もし息子に土産が分からなくても
何でもない日々から
もらっている

パパと、ママと、君が
そこにいること

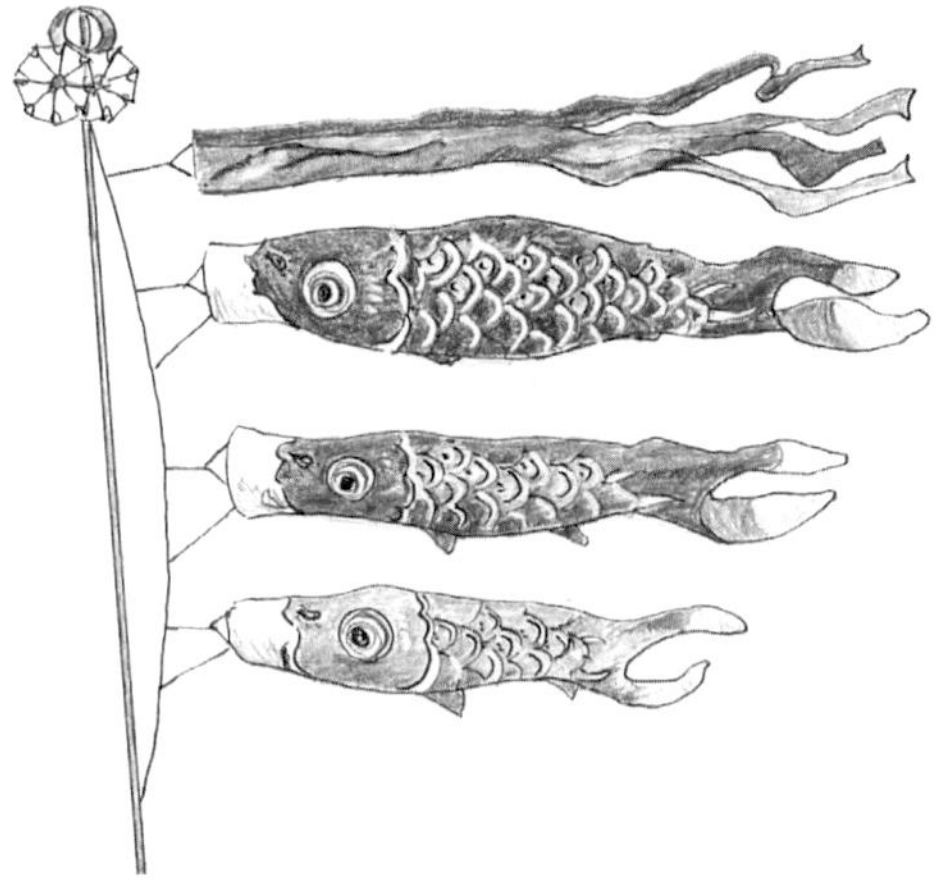

将来の夢

息子を抱《かか》えどっこいしょ、と
支援学校のバスに乗せてから
家に戻り、テレビを点ける

連続テレビ小説『舞いあがれ！』で
永作博美さんが娘を想う名演に
涙ぐみ…妻に言う

「この人、昔アイドルだったよね
自分の道を見つけて幸いだね」

「あなたも
シジンやってるじゃない」

玄関のドアを開いた、妻は
今日も病院の患者さんの雨降る心を
傾聴する仕事に行った

頬の涙をティッシュで拭いて
私は一人、呟《つぶや》いた
――あとは息子のみらいだな

慈雨

いつのまにか日が暮れた帰り道
周を乗せた
デイサービスの送迎車の到着に
間に合うよう、早足で歩く

前方には、小刻みに足を引いて歩く青年が
重そうなビニール袋をぶら下げて
ゆっくり、休み休み、歩いている
ああ、追い抜かねばならない

胸の苦さに
速度を緩《ゆる》め、離れ、進み

曲がり角でふり返った時
青年の姿はすでに小さくなっていた

家に着いた
周が車から降りてきて
私にハグをする
後ろから支え、二人三脚で、階段を上がる

階下で
玄関のドアが開く音がする
「ただいま」
仕事帰りの妻が周の頭をなでる

＊　＊　＊

この詩を綴っている今、隣の部屋から
落ち着かない周の口に食事の匙《さじ》を運ぼうと
格闘する妻の唸《うな》り声が聞こえて
思わず私は、腰を上げる

――あの青年は家に着いたろうか

窓外に、何かを囁くような
雨がふり始めた

矢口祭

稼ぎの少ない夫に
支える妻が噴火した後
しょぼくれて
窓辺の椅子で光合成をする

今日は支援学校へ
妻が運転、助手席に
縮んだままの僕を乗せて
車は環八《かんぱち》道路を走る

――今日は小学校最後の文化祭

校内に入り
体育館に並ぶ椅子に座って
十数分後、舞台には
仲間たちにまざった息子の周が
若い先生に手を添えられて、なんとか
目と鼻の先のバスケットゴールに
シュートを、決めて
館内に無数の拍手が響いた

妻はカシャッと「息子の勇姿」を
スマホの写真に収めた

気がつくと、ふいに頬を伝う
親父の涙……

舞台から
無垢《むく》な瞳の仲間たちが、列をなして
どやどやと楽しい歩調で
客席へと歩いてくる

舞台に手をふっても
気づかなかった息子に
「周!」と呼びかけ
頼りない親父の手をのばして
頭を撫でれば　キラリン　とした目が
僕を見た

息子へ――十才の誕生日に寄せて

自分の手で食べられず
自分の口で語りもせず
不満の時は　やだ！　のジェスチャー

次の瞬間、屈託もなく笑っている
そういうもの、である息子が

パパとママと手をつなぎ
山あり谷ありの道をなんとか歩み
今日、十才になった

親父というのは得てして短気で
お袋というのは得てして甘い

けれども

今宵のパパは、君の
あどけない夢の寝顔をひと時みつめて
何者かにそっと両手を合わすのだ

この子に無条件の愛を――　と。

Ⅱ章　風の吹く道

蒲公英の種

年下の友と美術館に行き
印象に残った絵について、語らった日

帰りの電車の席で
心に浮かぶものを綴《つづ》ろうと
膝の上にノートを開く

何処からか舞う
蒲公英《たんぽぽ》の種がひとつ
ノートの余白に、着地した

——これ、土にでも蒔こうか
——風の吹くままでいいんじゃないですか

車窓を開けて、掌《てのひら》から放った
種は風に乗り
姿を消した

友がさりげなく言った言葉は
生きることに似ていた

花を生ける

もの思う夜、スタンドの灯りは机を照らし
硝子《がらす》のコップに生けた
赤
桃
黄
橙
白
五色の小さな太陽が
こちらに顔を向けている
時計の秒針のまにまに
無音を囁く花々へ耳を澄まして

私は問う
——修羅の世で、花の心を生きられようか？
橙の花だけ独り萎《しお》れて
水を入れ換えた
一日の終わり
灯りを消して、寝床に入る

ひび

珈琲店の洗面台には、ひびが入り
「人」の文字になっていた

人間の日々は
いつも何処か、ひび割れている

「人」「人」「人」「人」
「人」「人」「人」「人」
「人」「人」「人」「人」
「人」「人」「人」「人」

を、ビルの高層階の窓から眺めれば
群衆の只中《ただなか》に赤や青や紫のひび、は埋もれている

――この小さな手には負えない
　世のヒタンよ！

人知れず、胸に十字をきる

風に運ばれてきた君の傷口をそっと覆う
ささやかな接着剤に、僕は
なれるだろうか

日々のあいさつ——洗足池にて

休憩所の屋上から
緑に囲まれた洗足池を見渡す

目線の先で、風に乗り
タンポポの種よりも大きな綿毛が
そよそよ舞い
水面《みなも》を遠のいてゆく

あれは何だったろう?
思い返しながら
池の周りを歩いて
木陰の小屋で、腰を下ろす

只《ただ》、遠い水面の漣《さざなみ》をみつめる

風に押され小屋に入ってきた綿毛が
生きるように転がり
私の足下で、また浮かんだ

（スマホを手に取り、調べると
オニタビラコの綿毛であった）

今日という日の
私にあいさつするものは
人の言葉だけではないらしい

街の公園にて

1

上池台の坂道をのぼる途中で
妻の郵便物をポストに入れ
息子の薬をもらいに薬局へ

凸凹人間の僕でも
役に立つことがある

道を曲がり
短い階段を登れば
四方を家々に囲まれた公園

どこの家からか
そよ風に乗り
バイオリンの音が聴こえた
今日も世界は動いている

2

誰もいない公園の
真ん中あたりに立つ電灯
もたれたシャベルが
退屈そうに
この世界を、掘りたがっている

ベンチに腰かける
僕の中を
掘って、掘って、掘っていったら
いったい
どんな僕と出会えるだろうか

向かいの木の葉が
風にゆれた

3

今日は自由が丘まで歩き
数々の素敵な店を通り過ぎて
戻ってきた

川沿いを往く途中で
小さな公園に寄り
ゆっくりとベンチに腰を下ろす

草の緑は
丘のように盛り上がり
その先に
大きな樹が
僕を待っていたかのように
おおらかに、ずしっとした姿で立ち
そよ風に葉をなびかせている

日々の出来事にぐらつく、僕も
あなたの姿でありますように

風の道

或る夕刻
窓外の向こうの丸い陽が
じりじり……沈み
やがて家々の裏側に隠れる

壁に貼られたポスターの中は
モノクロの部屋
古《いにしえ》の歌唄いがギターを爪弾く
（洗濯物たちも乾きゆく）

――絶え間なく、振り子は時を告げている

過ぎゆけば一日は早く
知らぬ間に
昨日の駅は遠ざかり
僕は何をしてきたか？
明日は何を求めるか？
縋《すが》る、この手は器に変わり

遠くから、私の名前を呼んでいる
風吹く道をゆくだろう

すすき野原

夕暮の秋風に吹かれ
すすき野原が靡《なび》いている

僕は風に逆らう
なのに遠い夕空は優しい

道はどこまでも下り
またどこまでも上り

やがて雲は
夕陽の顔を隠すだろう

旅人よ
恐れるなかれ
そして、畏れよ

今・ここにいて、やがて
誰かと出逢う日々の邂逅《かいこう》を
秋風の吹くままに
旅人は往くだろう
空白のあらすじの待つ方へ

柿の知らせ

庭で夕空を仰いでいると
足下の少し離れた場所が
ふいに　がさっ　と鳴った

古い柿の木から
枯葉の吹き溜まりに
実がひとつ、落ちたのだ

よく熟れた柿は
ほんのりと
夕陽に染まっている

（なぜ、そんなに幸せそうなのかい？）

僕は柿に尋ね、家に入り
食卓で茶を啜《すす》る
静寂《しじま》のひと時

幸いを黙して語る、柿の実よ
僕は想いを巡らせる
機が熟すのを待つように

風の伝言

私はあなたを
救うことなど、できないけれど
悩める日々を物語る
あなたの目を見て、この耳を傾ける

いつのまにか拗《こじ》れた糸が
ふいに解れてゆく

「人間」とは
人が門に入り、日をみつめ
むこうの道へと歩いてゆくこと

そう、風の詩人は囁《ささや》いた

あなたと
大切な人の間に
風の言葉が吹くように

深夜の日記

隣の部屋で家族が寝息をたてる深夜
ランプの灯りの下、日記を開く
「私の歴史の出来事たちは無数の糸で、結ばれている」

そう書いた時
しばらく壊れていた電波時計の
長針と短針が足早に動き出し
現在時刻の1時13分を指して、止まった

姿の無い時が
そっと何かを云《い》っている

これまで歩いてきた道と
これから続いてゆく道に
思いを馳《は》せて、今日の日記を閉じた

Ⅲ章　鼓動を聴く

道しるべ

わなわなふるえる
ひびのよろこびかなしみよ
それがこの世の運命《さだめ》なら
汝のコインに息を吹きかけ

明日の行方へ、投げてやれ！

くるくると……裏表を見せる
放物線のその先は
道のない道
コインが落ちた地点から

Avanti

詩人の友の「活動二十周年」を祝う
朗読会に出演した

それぞれの闇を越えて、再会を祝う
ステキな言葉の夜だった

トリの朗読をした彼が
最後の詩を読んだ後
客席の後ろにいたほろ酔いの僕が
頭と頭のすき間から
「あんこ〜る」の声を届ければ
会場に手拍子は高鳴り

「しょうがないなぁ」と照れながら
彼はもう一篇の詩を、手にした

その朗読で
若くして世を去った詩人を惜しみ
説教をした

「死んじゃうってことは、才能がないね」
「生きてるってことは、可能性だね」

それは金八先生を彷彿とさせる
語りであった

やがて朗読ライブがはねて
出演した三人で

高田馬場のうまいラーメン屋の
カウンターに肩を並べ
味噌ラーメンにニンニクを少々入れて
レモンサワーをごくり、とやった

帰り際の交差点で
二人の肩に手を置いて
「三本の矢って、折れないから
僕もがんばるからさ」

そう言った後、僕が以前に
「ぽえとりー劇場」という朗読会の司会をした
Ｂｅｎ，ｓＣａｆｅの跡地へ行き
ひとり佇んでいた

（懐かしい、言葉の夜の賑《にぎ》わいと
もういない幾人かの詩人の面影を視ていた）

コロナ禍の二十三時
すでにシャッターは下りていた
現在の店の名は「Ａｖａｎｔｉ」

暗がりに光るスマホで
僕は電子の辞書を引く
気づくとなぜか
しょっぱいものが目に滲《にじ》み、拭いていた

「Ａｖａｎｔｉ」

前へ、前進、もっと先へ

Slow Boat

この街には
音のない叫びが無数に隠れ
僕の頼りない手に、負えない

渋谷・道玄坂の夜
場末の路地に
家のない男がふらり……ふらり
独りの娼婦の足音が、通り過ぎ
酔いどれた僕の足音が、通り過ぎ
男の潤んだ赤いまなざしから
一瞬、僕は目を逸らす

人の傷みも背負えずに
自分の傷口が少々沁みる夜には、せめて
絆創膏《ばんそうこう》をぺたりと、心に貼って
生ぬるい夜風のあやしく撫でる
道玄坂の人波を下りてゆく

思い出すのは十数年前、この坂を歩く
酔いどれの目線の先に見えていた
あの輝ける不可思議少年という詩人の後ろ姿
彼はもう世にいない

この街には
無数の叫びが隠れ
頼りない僕の手に、負えない

だけどたまには思い出したように
この街角で仲間と落ち合い
カウンターに肩を並べるくらいはできる

昔の詩人は言った
「心に少し、余分な場所を」 ＊

今日、僕とあなたがこの世界で出逢った
素朴な奇跡を祝い
互いのグラスを重ねれば
頬の赤らむ夜更けの夢の中で

旅人の乗る舟が
ゆっくり　明日へ　漕ぎ出してゆく

＊黒田三郎の詩より引用。

お告げの鐘

久々に浅草の
老舗《しにせ》の喫茶店「アンジェラス」に行ったら
すでに閉店していた

「アンジェラスの鐘」は「お告げの鐘」

もう鳴らない、その鐘は
やがて記憶の風景に響くでしょう

昭和から平成へと渡る幾年《いくとせ》の
無数の日々に訪れた
作家は思案に耽《ふけ》り、珈琲カップを傾け

友と友は語らい
恋人たちの手はそっと結び合う

レトロな三階建ての
古時計の音《ね》が今も聴こえそうな
懐かしい空間よ

さようなら

時は常に流れ
あったものはすでになく
あの友の面影さえも、今はない

今宵は胸に懐かしい
異国の風景の塔の中

あの鐘は揺れている

　さようなら、さようなら

の先に、新しい日は訪れ
あなたの思いを越えたある日
合図の鐘は、冬の澄んだ青空に響くでしょう

その日が
早くても遅くてもいい

私は物語の合図を待ち
今日もそっと
目を閉じる

芋と言葉

上野の美術館を出た帰り道
焼芋屋の車が、目に入った

財布の懐《ふところ》が寒いので
「半切りをひとつ」と言い
小銭三枚をおじさんに手渡す

紙袋からほっくり、顔を出す
焼き芋をかじりながら
家路に着く人々に紛れて
夕暮れの上野公園を歩けば

焼き芋を手渡す時に
「大きめの入れといたよ」といった
おじさんのひと言を思い出し
紙袋から昇る白いゆげが、目に染みた

日々の仕事にくたびれた僕の言葉は
焼芋屋のおじさんの言葉のように
誰かを暖められるだろうか？

これからは一日一回
隣りの人に、渡してみよう
ゆげの昇ったひと言を

ししゃも

熱燗のお猪口《ちょこ》の横の受け皿に
五匹のししゃもが銀の腹を並べ
口を開いて、反っている

あれはピカソの絵だったろうか？

絶望を突き抜けてしまった人が
空を仰いだ裸身のままに
ど・ど・ど、と、大地を走りゆく
あの狂った顔に重なるような

時間《とき》の停まった、表情で
生の最後の絶唱が
今宵は何故か聴こえるのだ
赤ら顔した独りの僕に

檸檬《れもん》の欠片をぎゅぅ……と、搾る

まずは一匹、頭をむしり
無数の卵が詰まった
銀の腹を、口に入れた

鎌倉日和

晴れた日の鎌倉は
緑の木々の間に立つ
お墓さえ
明るく見える

あの日、体を脱いだ君は
いつから
若葉をそよぐ
風になったろうか

何処かで鳥が鳴いている

それは円い空から
鎌倉の道を往く者への
小さな合図

——あなたに宿る
方位磁針の指すほうへ

写楽

久々に寿司屋の暖簾《のれん》をくぐり
独り腰を下ろす

机にはコロナ対策に透明の板が立ち
私の人影がうつる

お猪口に注いだ冷や酒が進み
硝子の徳利も軽くなる頃……
影がそっと囁いた
——お前は一体、何者か？

不意に
わたしがわたしであることが
世にも不思議であるような
何か自分のやることがあるような
思念は宙に浮かんで、消えた

美味い中トロを
食べ終えて
写楽という名の酒の残りを
くいと一口、呑み干して

私はがららと席を立つ

円周率の旅

あの頃「敷かれたレール」から逸《そ》れて
長らく僕は、台本のない道を歩いてきた
最近ふと立ち止まり
ふり返った背後の道に
無数の数字が記されていた

3．14159265359……

どうやら僕は自分が誰か？　を知るために
円周率の道を歩いてきたようだ

ある人はそれを「無謀」と呆《あき》れ

ある人はそれを「馬鹿」と叱り
ある人はそれを「勇気」と讃え
ある人はそれを「ステキ」と伝えた

僕は単なる馬鹿じゃなく
とびきりの勇気があるわけじゃないけれど
ひょっとすると
（この詩を読むあなたも、僕も）
「ステキ」なのかもしれない

とうの昔に踏み出した足は
このまま円周率の旅を歩いてゆく

何処へ続いているかは、誰も知らないから
明日の風に身をまかせ、僕は闊歩《かっぽ》するだろう

君に打ち明けるなら
3．14159265359……
の道を往くことは
何にもましてわくわくと
胸の鼓動が高鳴るんだ

この手紙を書き終えた僕は
ふたたび歩き始める

昼は花々と木の葉たちが歌い
夜は星々がそっと囁く
この世界が
一冊の物語だと知る日まで

Ｔｈｕｍｂｓ ｕｐ

僕は親指を立てて
あなたの顔に見せる

しばらく忘れていた
Ｔｈｕｍｂｓ ｕｐの合図を
あなたに
僕に
この日々に

フェイスブックに
ツイッターから
インスタグラムまで

誰かの反応に飢えていたから
たくさんの「いいね」も嬉しいけれど

今日
僕等の間で生まれる
リアルなＴｈｕｍｂｓ ｕｐほど
嬉しいものはない

産声を上げた
あの日から
誰もがＴｈｕｍｂｓ ｕｐな命
だった

令和の寒い季節を生きる僕等が
タチの悪い風邪にマスクをしながら

尺度の無い情報に振り回されて
自らの内に宿す
歓びの根源を忘れませんように

今も互いの血を流し合う国の戦場に
一刻も早く
平和を念ずる人々の風が
届きますように

この街の何処かで
独り彷徨《さまよ》う名も無い人が
笑顔を交わせる誰かと
出会えますように

僕は探している

日々のあちらこちらに見出す
Ｔｈｕｍｂｓ　ｕｐな場面の輝きを

今、この親指を立てる

お互いの日々を密かに結ぶ
Ｔｈｕｍｂｓ　ｕｐの合図を
僕自身に
あなたに

これから織り成されるだろう
僕等のまっさらな
明日に

……とある蛙さんへの手紙
——追悼朗読会にて

献杯の酒を飲む夜
僕は蛙さんの面影と語らう

＊＊＊

高校三年生の頃、僕は恋をしていた
あんなにも好きだった娘《こ》に
教室で話しかけることもできず
震えながら……告白しようとした
夏休み前のあの日

金色の時計を
川に投げ棄てた

社会に出たばかりの頃、僕はでくのぼうだった
どうしても合わない上司がいて
悔し涙の日々を過ごした
退職後に古巣の職場を訪ねた僕と
ダウン症児の息子を見つけるやいなや
彼は駆けつけ、しゃがみ
なぜか息子に優しいまなざしをそそいだ

そんな息子と妻との
笑いと涙のおもしろくるしい物語の日々に
ほんのひと息、妻が出かけた夜
トイレ介助をしようとすれば

あまりに無垢な笑顔で両腕ひろげ
息子は僕にハグをする

蛙さん

僕は思春期に失恋という名の挫折をして
〝詩〟という夢を手に入れました
僕はでくのぼうになってから
人の傷みと哀しみを、知りました
そうして今も染色体の一本多い息子に
凸凹親父のこの僕が、育てられているのです

蛙さん

あなたは人の世の闇を視て

自分の内には影を視て
やるせなさを
ひと時忘れる酒を飲み
無数の〝詩〟を、語り残して
この世を去ってゆきました

僕が司会をしていた
『ぽえとりー劇場』の朗読会で
あの夜
愛する妻への言葉にならない想いを読んで
涙を流していましたね

僕の息子に障がいがあると知ってから
さりげなくかけてくれた言葉は
今も胸の内に小さな火となり…灯っています

蛙さん

あなたが旅立った後の世界で
不安を数えればきりがないまま
僕等は歩いてゆくでしょう
それでも
詩人のあなたの存在を通して
哀しみはたんに哀しみではなく
やがて
−《マイナス》は＋《プラス》に変えられてゆくでしょう

あなたが世を去る、三日前
蛙などいるはずのない東京都内の駐車場で
蛙の姿になって会いに来てくれましたね

あなたが世を去る、前夜には
僕が息子を寝かせた布団の傍らで
ピアノの玩具の鍵盤の単音を
目に見えない指で
幾度も
鳴らしましたね

――いつまでも心に響く鐘のように

詩人のあなたから
僕への
熱い伝言、
確かに
受けとりました
空の

上で
一杯やりながら
観ていてください

蛙さん

今夜の朗読会には
あなたが大好きな皆が集い
とわなるとものあなたは
無数の蛙たちになり
僕等の胸に宿るでしょう
僕等のなかにいる
蛙たちは今
四つん這いになり
じっと　エネルギーを貯めています

それぞれの明日へ
ぴょん
と
跳躍するために

灯台ノ道

暗闇の航路を照らす灯台に
あなたは、詩人を観るだろう

解説――ゆげの昇った言葉たち

市原賤香《しずか》

服部剛は「カトリック生活」（ドン・ボスコ社）に約八年間にわたって毎月詩を掲載してきた。関谷義樹神父の写真とのコラボである。カトリック信者で服部剛の詩のファンは少なくない。ニッポン放送「心のともしび」でもおなじみである。朗読会等でも発信を続けており、また同人誌「カナリア」の主宰者でもある。

本書の詩稿を手にして改めてその世界に向き合い、一体なぜ服部剛の詩は私の心を揺さぶるのか、かくも多くの読者に愛されているのかを考えた。

全体は三つに章立てされており、第一章は「周と歩む日々」と題され、剛さんと妻・りえ子さんと周くんの生活が描かれる。染色体が一本多く生まれてきた周くんは、いま小学校を卒業する年齢だ。発達は遅く、五歳まで歩くことができなかった。今も話はできないし、日常生活には介助が欠かせない。きわめてゆっくりと成長しているその時間は、私達の通常送っている時間とは異なる面をもつ。だがその遅さには限りない恵みが潜んでおり、詩人の心を豊かにひらき、読者である私達にもじっくりと染みてくるものだ。

ほんとうに大事なものは
夢も、人も、植物も
（地球ノ時間）で育ちます　（地球ノ時間）

聖書の創世記に神がこの世を創られた話がある。空を作り海を作り陸を作り植物、動物、魚たちを作り最後に人を作られた。神はこの世を見渡した。「見よ、それはとても良かった」そのように記されている。

今この世は欲望のままに戦争が絶えず、命を脅かすもので溢れている。それは、「とても良かった」と言われた状態ではもはやない。そんな風にしてしまったのは人間なのだと思うとき、苦しい思いが突き上げてくる。私達は、一体どんなふうに生きたら、「とても良かった」状態にもどれるのだろうか。服部剛の詩はしずかにその問いを一人一人に投げかけてくるように思う。

周くんを送迎バスへ迎えに行く。一緒に入浴する。膝の間に乗せてテレビを一緒に見る。そういった場面の続くあとに、服部剛の詩は突然日常とは位相の異なる世界へと飛びうつる。音楽でいえば「転調」するのである。読者は、いつのまにか異なる地点に立ち尽くしている自分を見出す。たとえば「キャッチボール」では、テレビでパントマイムのお姉さんが見えないボールを自分たちの方へ投げる。そこまでは日常のシーンだ。そのあとの「転調」では次のように続く。

今日一日、パパは

目に見えないボールを
ちゃんと投げられたろうか？
しっかり受け取れたろうか？
（キャッチボール）

ボールは明らかに日常の中で私達が出会うボールとは異なるものに変わっている。現実とは異なる世界へと連れて行かれたからだ。

たとえばこんな詩がある。第二章の中の「街の公園にて」。1では上池台の坂道を上り、ポストへ郵便を出し、薬局へ周くんの薬を取りに行き、公園へ入る。「どこの家からか／そよ風にのり／バイオリンの音が聴こえた」このあと、「今日も世界は動いている」という行で1は終る。続いて2では

誰もいない公園の
真ん中あたりに立つ電灯に
もたれたシャベルが
退屈そうに
この世界を掘りたがっている

シャベルが、「この世界を」掘りたがっているというフレーズに注目した。1の最後で出てく

る「世界」は単なる身の巡りを表す言葉ではない。それはもう読者を異なる位相へいざなっている。だから、2へ移って、シャベルが掘りたがっている「世界」と言われた時、読者はすなおにその位相へと心を移すことができるのである。さらにこの詩は自らへと問いかける。

ベンチに腰かける
僕の中を
掘って、掘って、掘っていったら
いったい　どんな僕と出会えるだろうか

第二章は「風の吹く道」と題されている。どの詩も風に吹かれている作者の姿がある。風は、聖書の世界では「ルアッハ」すなわち息吹、神の霊、聖霊とも言われる。そして服部剛はそのような風に吹かれ、風に任せて敬虔に歩んでゆこうとしている。詩人は旅人であると自認している。「頼りない」自分を見つめつつ旅人として生きる事を選んでいる。詩人は、職業としては現代の社会では殆ど成り立たないから、自らをその定位置に置き続けるのは並大抵の決意ではないだろう。

次に掲げるのは第二章にある「風の道」である。前半の二連で暮れてゆく空と洗濯物が乾いてゆく。ポスターの中のモノクロの部屋が語られる。三連目で「転調」し、

――絶え間なく、振り子は時を告げている
過ぎゆけば一日は早く
知らぬ間に
昨日の駅は遠ざかり
僕は何をしてきたか？
明日は何を求めるか？
縋《すが》る、この手は器にかわり
遠くから、私の名前を呼んでいる
風吹く道をゆくだろう

「駅」は抽象化されている。通過する場としての人生の一こまをたとえている。器に変わる手には何が与えられるのだろうか。最終連では作者の名前を呼んでいる「風吹く道」が示される。何があろうと作者を呼んでやまない道である。この詩を読むとき、「風」に込められた意味性は深く、清らかな神の息吹を感じずにはいられない。

第三章「鼓動を聴く」まで読み終えた時、私の中に強く残ったのは、服部剛の中にある、未来と世界へのゆるぎない信頼である。それこそ私達が信仰と呼ぶものだ。どの詩を読んでも、そこに逢着するように思う。良き詩人との出会いがあり、別れがあり、故郷鎌倉への思いがある。自由自在に生きている詩人の心は、ときに「日々の出来事にぐらつく」（街の公園にて）ことがあっても、「凹んでしまう」（夜明けの散歩）ことがあっても、「人の傷みも背負えずに自分の傷口が沁みる」（Ｓｌｏｗ Ｂｏａｔ）ことがあっても、けしてそれで終わらない。

「前へ、前進、もっと先へ」（Ａｖａｎｔｉ）「「旅人の乗る船がゆっくり　明日へ　漕ぎだしてゆく」（Ｓｌｏｗ Ｂｏａｔ）「とうの昔に踏み出した足は／このまま円周率の旅を歩いてゆくだろう」（円周率の旅）と。

最後に服部剛らしさ全開の優しく暖かく謙虚な詩「芋と言葉」を掲げて解説を終わりたい。

一連、二連で焼き芋屋から「財布の懐《ふところ》が寒いので」半分の芋を買う。おじさんは「おおきめのを入れといたよ」といった。夕暮れの道を歩きながら思う。

日々の仕事にくたびれた僕の言葉は
焼芋屋のおじさんの言葉のように
誰かを暖められるだろうか？
これからは一日一回
隣の人に、渡してみよう
ゆげの昇ったひと言を

焼芋屋とのやりとりのシーンから最後のフレーズが見事に導き出されている。大丈夫。きっと服部剛の「ゆげの昇った」言葉たちは、人々を暖めることができるだろう。

〈プロフィール〉

服部 剛（はっとり ごう）

1974 年 10 月 31 日生まれ
1998 年より詩作・朗読活動を始める。
2006 年 詩集『風の配達する手紙』（詩学社）を上梓。
2009 年 詩集『Familia』（詩遊会出版）を上梓。
2012 年 詩集『あたらしい太陽』（詩友舎）を上梓。
2006 年から 2011 年まで、東京・高田馬場の Ben ‘s Cafe にて
『笑いと涙のぽえとりー劇場』を主宰。
2016 年 白百合女子大学にて、ダウン症をもつ息子についての 講演・朗読を行う。
この年、長年勤めた介護職を辞し、
詩人・文人・表現者（朗読・司会など）の道に専念する。
2018 年 詩集『我が家に天使がやってきた』（文治堂書店）を上梓。
2020 年 写真詩集 『天の指揮者』（ドン・ボスコ社）を上梓。
2021 年 YouTube で詩の番組『ぽえとりーサロン』を始める。

日本ペンクラブ会員、日本文藝家協会会員
日本現代詩人会会員、四季派学会会員、横浜詩人会理事
詩誌『カナリア』主宰　詩誌『とんぼ』『反射熱』同人

○ニッポン放送『心のともしび』にて月に 1 回 エッセイを放送中
（HP 等にも掲載）。
○2016 年から 2024 年まで、月刊『カトリック生活』（ドン・ボスコ社）
「祈りの風景」にて、詩を連載。
○ note・Facebook 等で、日々の思いを綴る。

〈メールアドレス〉 gouhattori@yahoo.co.jp

詩集　我が家に天使がやってきた
――ダウン症をもつ周とともに・小学生 編

2024 年 6 月 16 日　初版発行

著　者　　服部　剛

イラスト　　市原多嘉雄

発行者　　市原賤香

発行所　　明眸社

〒184-0002　東京都小金井市梶野町 1-4-4

E-mail : ichihara@meibousha.com

URL : https://meibousha.com

印刷所　　㈱イニュニック